大偵探
福爾摩斯
——幽靈的哭泣——

SHERLOCK HOLMES

序

　　據說，在一些屋苑的商場中，最近多了補習社開辦中文補習班。這個現象以前並不多見。因為，一向以來，大部分家長主要關心英文和數學的成績，中文嘛，日常生活中每天都在用在說，加上大學收生也不重視中文，於是中文一直受到忽視。

　　不過，這兩年發生了重大變化，中文成績已成為考生能否跨進大學之門的關鍵指標之一。剎那間，中文又重回聚光燈下，成為家長和學校都不敢忽略的「主角」了。其實，除了為應付考試，不管英文還是中文，語文本身絕對不可輕視。因為，語文潛藏巨大能量，同一個意思，說得或寫得平庸，馬上被人忘記，反之，卻可名留青史、萬世不朽。

　　美國太空人岩士唐踏足月球時，曾說過一句連小學生也唸得出的名句——「這是個人的一小步，人類的一大步。」當中，就顯露出語文修辭的力量，如果他沒說「個人的一小步」，而只說「這是人類的一大步」，相信早已被世人忘記。

　　由此可見，只要運用得宜，語文可釋放巨大感染力，足以創造歷史。看故事書，輕輕鬆鬆就可增強運用語文的能力，何樂而不為？

厲河

余遠鍠

大偵探
福爾摩斯
——幽靈的哭泣——

登場人物介紹

福爾摩斯
居於倫敦貝格街221號B。精於觀察分析，知識豐富，曾習拳術，又懂得拉小提琴，是倫敦最著名的私家偵探。

華生
曾是軍醫，為人善良又樂於助人，是福爾摩斯查案的最佳拍檔。

小克
機靈又老成的小孩，委託福爾摩斯緝拿殺死其外公的兇手。

李大猩＆狐格森
蘇格蘭場的孖寶警探，愛出風頭，但查案手法笨拙，常要福爾摩斯出手相助。

中年男子
史葛家的親戚，身份不明的神秘人。

史葛老先生
小克的外公，死於非命。

漢斯＆文斯
小克的孿生舅舅，史葛老先生的兒子。

梅爾律師
史葛老先生的律師。

幽靈的哭泣

嗚嗚嗚嗚⋯⋯嗚嗚嗚嗚⋯⋯嗚嗚嗚嗚⋯⋯

烈風像冤魂的哭聲般，在空中**慽慽悲鳴**。它捲起的枯葉，更仿如**溪錢**似的在李大猩和狐格森的頭頂亂舞。兩人用力按着帽子，頂着大風，走過廣闊的前院，鑽進了倫敦鄉郊的一座古老大宅。

在一個中年婦人的帶領下，他們穿過長長的走廊，在一個房間前停下，婦人**戰戰兢兢**地指着緊閉的房門說：「就是這個書房了。」

李大猩和狐格森都聽得出，這位中年婦人的聲音微微地顫動，看來仍未從恐懼之中回復過來。她叫**海恩太太**，是這間大宅的管家，也是第一個發現屍體的人。她早上起床後經過這間書房時，看到房門敞開着，並發現主人**祖德・史葛**老先生倒在地上死去了。

「又是兇殺案嗎？」李大猩一踏進房門，就

皺起眉頭說。

那是一間不大不小的書房，靠在牆邊的書架擠滿了書本，發出一陣陣紙張獨有的霉氣。房中的一角有一張書桌和一張椅子，桌上有一本攤開了的書本和一些散亂的文件。

一具屍體孤零零地俯伏在血泊之中，他背部有幾個傷口，毫無疑問，是死於他殺。不過，叫李大猩和狐格森都感到一下慄然的是，死者右手的食指沾了血，更指着柚木地板上的兩個血字——phantom cry！*

*phantom是『幽靈』的意思，『cry』是『哭泣』之意。

「**幽靈哭泣?** 這肯定是死者在斷氣之前,用自己的血寫成的。不過,究竟是什麼意思呢?」狐格森說。

李大猩沒答話,他摸摸下巴的鬚根,似乎是在思索着那兩個字的含意。

狐格森知道這個老搭檔最喜歡**裝模作樣**,於是沒等他回答,就在屍體旁蹲下,檢視死者背部的那幾個傷口:「共有**三個傷口**呢。唔⋯⋯每個傷口直徑都長約**1吋**,看來是由**圓錐形**的利器造成的。」

說完，他看了看李大猩，然而，李大猩對他的說話依然沒有反應，還叉開雙腿，把雙臂抱在胸前，撅起嘴唇，閉着雙眼，擺出一副**苦苦思索**的樣子。

「還沒做完戲嗎？」狐格森心裏一邊**嘀咕**，一邊自顧自地低着頭在屍體的周圍走了一個圈，為地板的每一個角落都進行仔細的檢查。

「兇徒並沒有遺下**兇器**呢。」狐格森說着，又往老搭檔瞥了一眼。

「嘿嘿嘿，在這種情況下，死者一定想別人知道誰是兇手。」李大猩終於開口了，還**煞有介事**地說，「『phantom』這個字嘛，十居其九就是兇手

的**名字**！」他似乎對自己這個發現感到非常得意。

「看你思索了這麼久，還以為會有什麼重大發現。」狐格森斜眼看着李大猩，不屑地說，「『phantom』怎可能是人的名字，你會自稱是鬼嗎？」

「嘿嘿嘿，你果然沒我那麼精明，動動腦筋吧。」李大猩指着自己的腦袋，語帶嘲諷地道，「人當然不會有這樣的名字，但可以起這樣的**綽號**呀！殺人犯把自己稱作『**幽靈**』，多帥氣啊！」

狐格森感到受辱了，馬上反擊道：「那麼，

『cry』又是什麼意思？如果『phantom』是兇手的綽號，難道兇手殺人後哭了？所以死者才留下這個『cry』字？」

「這……」李大猩頓時**語塞**，他確實想不出死者為什麼會寫下這個「cry」字。

「對不起……」這時，一直不敢作聲的海恩太太**誠惶誠恐**的，似乎有話想說。

這正好為李大猩解窘，他連忙轉身問道：「什麼事？」

「那兩個字，可能有……有別的**含意**。」

「啊！難道你知道『phantom cry』的真正意思？」李大猩十分緊張，「快說來聽聽。」

「我不知道是否與那兩個字有關，不過，史

葛先生曾經說過，根據鄉土史記載，這附近在古代是一個慘烈的**戰場**。」海恩太太吞了一口唾沫繼續說，「當時……當時……死了很多人。」

「什麼？有這樣的事嗎？」狐格森被嚇得瞪大了眼睛。

「哼！是**古戰場**又怎樣？難道戰死的士兵會變成**鬼魂**出來殺人嗎？」李大猩說。

「不……」海恩太太慌忙說，「我不是這個意思，只是……」

「哎呀，別吞吞吐吐了，有什麼快說。」李大猩不耐煩了。

「只是……住在附近的人都說，這兒刮起的烈風就像不散的……冤魂……在哭泣，叫人聽到也……毛骨悚然。」海恩太太說完，緊張得又吞了一口唾沫。

「哈哈哈！」李大猩大笑道，「風吹當然會響，說什麼冤魂在哭泣，不要笑死人了。」

「對、對、對，你們這兒的人也太迷信了。什麼鬼哭神號只是人們的誇張說法罷了。」狐格森看見怕鬼的李大猩也泰然自若，自己

當然也不可失威。

然而，就在這時，一陣陣「嗚嗚嗚嗚……
嗚嗚嗚嗚……嗚嗚嗚嗚……」的風聲從屋
外傳來，還真的有幾分像人的哭聲。李大猩和
狐格森側耳細聽，聽着聽着，臉色由紅變黃，

由黃變灰，兩人緩緩地轉過頭來互相對望，他
們赫然發覺對方的嘴唇已顫抖起來，一陣陣
「咯嘞、咯嘞」的、不知是自己還是對方的牙
齒碰撞的聲音也清晰可聞了。

「就是……就是……這種風聲了。」海恩太

太哆嗦着說。

「哈哈……哈哈哈……」李大猩連忙以笑聲掩飾自己心中的害怕,「迷信、迷信罷了。」

「呵呵呵呵……呵呵……」狐格森也裝着若無其事地說,「風聲、風聲而已。」

「對、對、對,只是風聲罷了。」李大猩附和,「哈哈哈,我們已調查完畢了。這是一宗兇殺案,我們會抓到兇手的,請放心。」

「是的,兇手會抓到我們的,請放心。

我們先走啦。」狐格森已不知道自己在說什麼了。

「那麼……屍體怎辦?」海恩太太問。

「由它放着吧。」李大猩脫口而出,但馬上又察覺自己**失言**了,於是連忙補充,「不,我們會叫人來搬走和驗屍的。」

說完,兩人馬上**爭先恐後**地奪門而出,似乎想快點離開這個可怕的地方。可是,一個**黑影**突然從房門旁邊閃出,把他們攔住。

兩人被嚇了一跳,但定睛一看,才發覺攔在前面的只是一個**小男孩**。

「兩位警探先生,我有些事情想——」

「小孩子不要阻礙大人辦事，我們忙着。」

李大猩未待小孩說完，就把他推到一旁，連跑

帶奔地穿過走廊，然後「砰」的一下推開大

門，在「嗚嗚嗚」的風聲中，與狐格森一起

跳上馬車，逃走似的消失了。

老成的  小孩

三天後的夜晚，一個**不速之客**突然到訪貝格街221號B。

「客套話不說了，我叫**小克**，是來聘請你為我查案的。」一個打着煲呔戴着金絲眼鏡，穿着全身整齊西服的小孩，向正在看書的福爾摩斯說。

站在一旁的華生心想：「這小孩不但打扮**老成**，連說話也很老成呢。」

19

我們的大偵探向小孩瞥了一眼，說：「小朋友，你今早喝過**牛奶**吧？」

「你怎知道我喝過牛奶？」自稱小克的小孩，不慌不忙地反問。

「這兒。」福爾摩斯點一點自己的**嘴角**，「你這兒還沾着牛奶。」

小克一怔，但馬上鎮靜地掏出手帕，擦一擦嘴角說：「就算喝過牛奶又怎樣？與我請你查案有什麼關係？」

「嘿嘿嘿，當然有關。」福爾摩斯狡黠地一笑，「我不會為喝完奶卻不懂抹嘴的**毛孩子**查案。」

「為什麼？」

「因為**未成年**呀。」

「未成年又怎樣？」

「未成年的毛孩子怎可聘請私家偵探？」

「為什麼未成年就不可以？」

「你的問題真多呢。」福爾摩斯有點兒煩厭地答道，「總之，我不會接受毛孩子的委託，要委託就找**媽媽**來，明白嗎？」

「不明白。」小克說，「媽媽在我5歲時已死了，怎樣找她來？」

「啊……是嗎？」福爾摩斯感

到有點意外，於是說，「那麼，叫你**爸爸**來吧。」

然而，這句說話好像觸痛了小克似的，他突然一臉怒氣地

說：「**別提我爸爸！**

外公告訴我的，爸爸是個**薄幸郎**，他在我還沒出世時已拋棄了媽媽，我當他早已死了！」

福爾摩斯和華生聞言都嚇了一跳，剎那間不知道該如何回應。

「算了，我不該向你們**發脾氣**。」小

克又回復老成的樣子，神氣地質問，「小孩子跟成人一樣也是人，同樣會遇到困難。私家偵探的工作不是為人解決困難嗎？怎可以不接受小孩子的委託？」

華生看小克說得頭頭是道，於是幸災樂禍地向福爾摩斯說：「他講得有點道理呢。你不是一向童叟無欺、一視同仁的嗎？」

福爾摩斯感受到挑戰了，他坐直身子，板着臉孔對小克道：「小朋友，你知道聘請一個私家偵探要用多少錢嗎？」

嘿嘿！

「原來是這個問題，你早說嘛，何必**繞**一個大圈子，浪費大家寶貴的時間。」小克說着，從口袋中掏出一個**糖果罐**，「咚」的一下放在桌子上。

「這算什麼？」福爾摩斯指着小鐵罐問。

「**酬金呀**。」小克答得理所當然。

「你以為用一罐糖果，就可以聘請倫敦最貴的私家偵探嗎？」福爾摩斯沒好氣地說。

「你以為我會那麼幼稚嗎？」小克說着，他打開鐵罐的蓋子往桌上一倒。「**嘩啦！**」一聲響起，十幾個**金幣**從鐵罐裏掉下來。

「啊⋯⋯」福爾摩斯和華生冷不防有此一着，意外得瞪大了眼。

小克若無其事地問：「夠嗎？」

為了掩飾自己亂了的陣腳，福爾摩斯只好「咇咇咇」地連咳三聲，然後才裝腔作勢地摸摸下巴說：「唔⋯⋯其實不太夠，不過，看在你還未成年的份上，就打個八折吧。」說完，迅即把金幣掃進自己的口袋中。

華生不禁「噗哧」一聲笑出來，他知道福爾摩斯最近沒生意，正缺錢用，看到那些金幣時眼睛已發光了，什麼「打個八折」，只是**裝模作樣**罷了。

「偵探先生，這表示你已接受委託嗎？」小克一臉認真地問。

「**受人錢財、替人消災。**」福爾摩斯故意擺出一副**捨我其誰**的樣子說，「收了你的錢，當然等於接受委託。你有什麼事要幫忙？找你的小貓還是小狗？」我們的大偵探以為小孩子的委託，總離不開找尋走失了的**寵物**。

可是，從小克口中說出來的請求，卻是——

「我的外公在他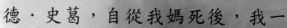被人殺死了。你要幫我捉拿兇手。」

「什麼？」華生不敢相信自己的耳朵。

小克語出驚人，福爾摩斯也不敢怠慢，嚴肅地問：「你說外公在生日當晚被殺，這可不是講玩的啊，是真的嗎？」

「當然是真的。我的外公叫祖德·史葛，自從我媽死後，我一

直與他**相依為命**，可是，他三天前卻在家中的書房被殺死了。」小克說，「不信的話，你們可以翻看那一天的晚報。」

「不必了。」福爾摩斯說，「我記得**祖德·史葛**這個名字，前兩天的晚報確實報道過這

個案子，據說他是被人用利器插中背部而死的。」華生知

道，福爾摩斯對所有兇案都很感興趣，他閱報時會記住案情報道的每一個**細節**。

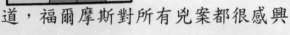

「是的，外公的背部有三個傷口，每個傷口的直徑都有**1吋**長。」小克說。

「沒遺下兇器嗎？」福爾摩斯問。

「沒有啊。」小克使勁地搖搖頭，「警察找不到兇器，但我偷聽到警察說傷口很可能是由

圓錐形的利器造成的。」

福爾摩斯想了想，問：「屋內有沒有被搜掠過的痕跡？」

「沒有，管家海恩太太點算過了，書房裏的**保險箱**完好無缺，外公放在抽屜中的**錢包**也沒有人動過。」

「那麼，這看來不像一宗劫殺案呢。」華生插嘴道。

「從表面看來，確實不像一宗**劫殺案**。」福爾摩斯說，「不過，小克的外公有沒有被兇手偷去東西倒很難說，因為，有些東西看來不值錢，但對某些人來說卻可能有很高的價值。你記得那起『近視眼殺人兇手』*的案子嗎？」

「當然記得，兇手為了偷取一份**名單**而殺人。」華生說。

「就是嘛，如果兇手只是偷了一些文件之類的東西，小克家裏的那位管家也不一定察覺得到啊。」福爾摩斯說，「除非死者生前曾經說過這方面的事情，或者透露過什麼吧。」

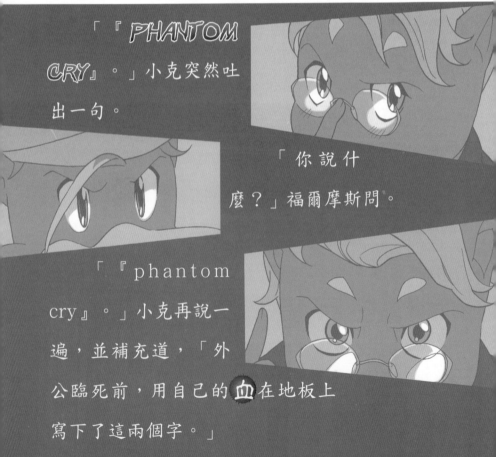

「『PHANTOM CRY』。」小克突然吐出一句。

「你說什麼？」福爾摩斯問。

「『phantom cry』。」小克再說一遍，並補充道，「外公臨死前，用自己的血在地板上寫下了這兩個字。」

「『phantom cry』？」華生吃了一驚，「幽靈哭泣？好恐怖的遺言呢。」

「唔……聽來確是很恐怖。」福爾摩斯說，「不過，這個遺言卻犯了一個簡單的文法錯誤呢。『phantom』是可數名詞，與動詞『cry』用在一起時，必須變成眾數『phantoms』，或者寫作『A phantom cries』才對呀。」

「哎呀，又不是作文交功課，人在臨死時怎會顧得了文法，能用血字留下遺言已很不錯了。」華生覺得福爾摩斯有點走火入魔了。

「也有這個可能，不過，我們不應該放過任何不合乎邏輯的細節。」福爾摩斯說，「而且，我總覺得這個遺言有點不自然。」

「你們信鬼嗎？」小克出其不意地問道。

「你為什麼這樣問？」華生問。

「外公的遺言可能與有關。」

福爾摩斯聞言，顯得興味十足：「我雖然只信科學不信鬼，但也想聽聽你的說法呢。」

小克**一五一十**說出風聲與**古戰場冤魂**的傳聞。

「哦，真的嗎？你家附近曾是古戰場嗎？」福爾摩斯說着，走到書架旁，取出幾本古書翻起資料來。華生對鬼怪之說也很感興趣，連忙也幫忙查閱。

小克看着兩人忙，自己卻沒事幹，於是**百無**

聊賴地拿起桌上的一封信，並問道：「唔……犯罪心理學？是什麼意思？唔……這個名字唸作**弗洛依德**嗎？他是你的顧客嗎？為什麼寫信給你？」

「哎呀！你怎可以隨便看人家的信！」福爾摩斯趕忙走過來，一手奪回信件。

「嘖，有什麼大不了？只是一封信罷了。」小克不屑地說。

「你在沙發上坐着，什麼也不准碰，知道嗎？」福爾摩斯訓斥。

「知道啦，不碰就不碰，別那麼兇。」小克

說完，只好一屁股坐到沙發上，靜靜地看着福爾摩斯和華生翻閱書本。

不知不覺間，兩人已翻閱了一個多小時，可是，找到有關古戰場的資料卻少得可憐，而且都是**傳說**，一點**真憑實據**也沒有。

正當兩人感到有點沮喪時，忽然聽到一陣「呼嚕呼嚕」的鼾聲傳來，原來，小克已倒在沙發上睡着了。

「看來他很累呢。」華生說。

「怎能不累，與他相依為命的外公死了，他的內心一定很不安，在這麼大的**精神壓力**下，就算成年人也會給累壞啊。」福爾摩斯看

着小克熟睡的面容，有點憐惜地說。

「不過，他剛才還氣勢十足的和你鬥嘴，不像又傷心又不安呢。」

「嘿嘿嘿，我看這小鬼頭只是裝腔作勢罷了。你知道，有些人為了掩飾內心的恐懼和緊張，會故意裝出強悍的樣子，這小鬼頭剛才其實就是這樣。」福爾摩斯道。

「是嗎？你怎看出來的？」華生問。

「你沒看到嗎？他和我說話時，其中一隻手常常緊握着拳頭，這就是最好的證明啊。」

「原來如此。」華生恍然大悟。

「不過，他的**意志力**雖然很強，但也很容易**虛耗**能量，所以一旦放鬆下來，就會一睡不起了。」

「那怎麼辦？就讓他睡在這裏嗎？」華生問。

「還能怎辦？現在已夜深了，總不能讓他自己一個人回家呀。」福爾摩斯說着，到睡房取來一張**毛氈**蓋在小克身上。

這時，小克翻了一下身，輕聲地發出夢囈：

「外公，外公，你不要死呀……不要

36

死呀⋯⋯」

華生輕輕地歎了口氣，說：「他剛才很鎮靜
地談論案情，不露半點悲傷。我還以為他年紀

太小，還未懂得失去親人的痛苦，原來他只是把悲傷藏在內心深處，這個小孩子實在太可憐了。」

「是啊，太可憐了。」福爾摩斯點點頭道，「為了讓他儘快地**釋放悲傷**，我們也必須儘快找到兇手，否則這個表面堅強的孩子將無法放下**包袱**重新站立起來啊。」

然而，我們的大偵探卻發夢也沒想到，正當他竭力幫助小克卸下包袱的時候，這個機靈的小孩子竟會順勢一推，殺他一個**措手不及**，幫了他一把！

兇案現場

　　第二天早上，陽光透過窗戶射進福爾摩斯的睡房中。

　　福爾摩斯睜開眼睛，打了個大呵欠。然而，卻突然發現腋窩下好像有什麼東西動了一下，低頭一看，只見小克縮在他腋下，睡得好香。

　　「哎呀，小克，你怎會睡在我的床上的？」福爾摩斯連忙拍一拍小克的臉頰，不滿地問道。

小克**睡眼惺忪**地擦擦眼睛，說：「我半夜起來發現一個人睡在客廳中，有點害怕，就鑽進來和你一起睡了。」

「喂，**先旨聲明**，你付的錢只包調查和找出兇手，但不包褓姆的費用。」福爾摩斯沒好氣地說。

「福爾摩斯先生，不要那麼**小器**。」小克說，「反正你的床那麼大，讓出半呎給我睡，你也沒有損失啊。」

「哎呀，這不是有沒有損失的問題。」福爾摩斯生氣地說，「你知道嗎？我**12歲**之後已沒有和其他人一起睡過，總之，我不喜歡與人一起睡，特別是小孩子。」

「知道了、知道了。」

「我現在去洗臉，你快起來穿好

衣服，吃過早餐後，就要去你家調查。知道嗎？」福爾摩斯說完，就出去梳洗了。

　　不一刻，他回到睡房中，只見小克已穿好了衣服坐在他的桌前，還打開了他的抽屜，不知道在看什麼。

　　「喂！你在搞什麼鬼？」福爾摩斯喝道。

　　小克給嚇了一跳，馬上「砰」的一聲把抽屜關上，並轉過頭來，嬉皮笑臉地說：「哈哈哈，沒什麼，只是到處看看罷了。」

　　「哼！快去洗臉和吃早餐吧。」福爾摩斯揪着小克的衣服，把他抓出了房間。

吃過早餐後，福爾摩斯、華生和小克三人，叫了一輛馬車，馬上出發。

兩個小時之後，馬車到達了小克的家。那是一間古老大宅，不過屋裏沒有人，據小克說，管家海恩太太和僕人們可能忙於為外公籌辦葬禮，大概一早已出去了。

小克領着福爾摩斯和華生走進一間書房，指着地上的一灘血跡說：「外公生日那天就在這裏被殺的。」

phantom cry

華生記得小克說過,他外公的背部有三個傷口,每個傷口直徑約長 **1吋**,看來是由 **圓錐形** 的利器造成的。

福爾摩斯走近那灘血跡,小克昨天提及的那兩個血字「PHANTOM CRY」仍留在地上。他蹲下來仔細地檢視了一會之後,皺着眉頭站了起來。接着,他又仔細地觀察書房的四周。突然,他的視線停在一幅掛在牆上的油畫上。

「怎麼了?有發現嗎?」華生問。

福爾摩斯沒有答話,他走到油畫

前，掏出放大鏡看了又看，然後才指着油畫一塊漆黑的部分說：「你們看，畫上有一個洞呢。」

華生湊近仔細地看了看，驚訝地說：「啊！真的呢。你不說，還不易看出來呢。」

「警察沒說油畫上有洞啊。」小克說。

「嘿嘿嘿，警察不一定都細心啊。」福爾摩斯狡黠地一笑，「不過，也可能是他們故意不說，以免打草驚蛇。」

「但是，為什麼會有這個洞呢？」小克問。

福爾摩斯分析道：「洞的直徑有1吋長，你外公背上各個傷口的直徑也是1吋長，就是說，

這個洞很可能是同一把**利器**造成的。」

華生問：「可是，兇手為什麼在油畫上刺洞呢？」

「嘿嘿嘿，問得好。」福爾摩斯說，「這幅油畫和那灘血跡的距離約**4呎**遠，我估計小克的外公與兇手爭執時，是站在畫的前面。兇手舉起兇器刺過去時，小克的外公閃開，兇器**插**在畫上，造成這個洞。」

「啊，我明白了。」華生推論，「小克的外公閃開後想往外逃，但兇手從背後**施襲**，刺中他的背部。」

「沒錯，我的推論正是如此。」福爾摩斯

說，「不過，油畫上的洞有點特別，它的邊緣有**六處**很整齊的**裂口**，看來刺穿它的並不是圓錐形的東西，而是一種**形狀特別的利器**。」

「這麼說，會是什麼呢？」華生問。

「不知道。」福爾摩斯臉上閃過一下神秘的笑容，「不過，兇器越特別對破案也越有用，因為，只要知道它是什麼東西，再**順藤摸瓜**，說不定就能知道誰是兇手了。」

小克聽到大偵探這麼說，興奮地道：「福爾摩斯先生，你真厲害，這麼快就找到有用的線索了。」

「嘿嘿嘿，只是踏出了一小步而已，要揪出兇手還要花很多工夫呢。」

「其實我見過他。」小克**出其不意**地吐出一句。

「見過他？什麼意思？」福爾摩斯不明所以。

「兇手。」小克說，「**我見過兇手。**」

「什麼？」福爾摩斯和華生訝異得瞪大了眼睛。

「究竟是怎麼一回事，快說。」福爾摩斯催促。

「那一晚我睡不著，想去廚房找點水喝，當經過外公的書房時，聽到『**絕不可以！你休想！**』的低吼。」

「我被嚇了一跳，心想，這不是外公的聲音嗎？他和誰在爭吵呢？」

「就在這時，突然『**哇**』的一下叫聲響起，

接着再傳來『嘭』的一下巨響，我站在門外也感受到震動。然後，再響起幾下『啪噠啪噠』拍打地板的聲音。不過，很快就靜下來了。」

「我雖然感到有點害怕，但也很好奇，於是不動聲色地湊近房門的鑰匙孔，偷偷地往房內看去。開始時什麼也看不見，但幾秒之後，我看到一個人站起來，可是他背向房門，我看不到他的容貌。不過，透過房內的燭光，我看見那人左手的無名指上，戴着一枚鑲了紅寶石的戒指。」

「我正想着該怎辦時，突然，那人轉身向房

門走來，我大吃一驚，馬上**踮起腳尖**，悄悄地走回自己的睡房去。」

聽完小克的憶述後，福爾摩斯閉上眼睛，向小克說出他想像的場景：「你的外公遇襲，發出『**哇**』的一下叫聲。他遇刺後倒地，產生『**嘭**』的巨響。然後，兇手撲上去，把他壓在地上，『**啪嗒啪嗒**』是他掙扎的聲響，兇手再刺兩下，他就不動了。由於兇手當時已蹲下，你在鑰匙孔看不到他。但他行兇後站起來時，就闖入你的眼簾了。」

「果然是倫敦**首屈一指**的大偵探。」小克像成年人那樣，以讚賞的語氣說，「我把一年的**零用錢**花在你身上也是值得的。」

「哈哈哈，你也不差呀。」福

爾摩斯笑道，「在那麼驚險的情況下，還能注意到那人戴着紅寶石戒指。不過，那人轉身時，你沒看到他的樣貌嗎？」

「燭光照不到他的臉，我來不及仔細看就逃了。」

「很可惜，要是看到他的樣貌就好了。」福爾摩斯說，「不過，我們至少知道他的身高。」

「知道他的身高？怎樣知道的？」小克問。

「畫布上的洞與地面距離約5呎，一般來說，身高6呎的人才會刺出這個高度的洞，所以那人的身高應在6呎左右。」

5呎

6呎

「對了，小克，你逃回睡房後，然後又怎麼了？」華生問。

「我有點害怕，鑽進被子裏不敢動，然後在不知不覺間就睡着了。」小克有點自責地說，「我以為外公最多是與人爭執而已，沒想到他會遇害的。早知道這樣，我就……」

「不要怪責自己，在那種情況下，你做什麼也沒用。」華生安慰道，「要是貿然闖進書房，兇手可能連你也不會放過。」

「對，你在鑰匙孔看到那個兇手時，你的外公應該已沒救了。」福爾摩斯道，「不過，你的外公也厲害，在兇手離開後，用最後一口氣寫下『*PHANTOM CRY*』這兩個字，為我們留下了線索。」

「可是，來查案的兩個警探卻因為這兩個字，還沒調查清楚就害怕得急急地逃了。」小克把他看到李大猩和狐格森查案的可笑經過一一道出。

「嘿嘿嘿，那兩個傢伙我們認識，這是他們一向的辦事風格，而且兩人最怕鬼，有一次去查一宗與吸血鬼有關的案子*，他們被嚇得屁滾尿流，好不滑稽呢。這次聽到有幽靈出沒，怎會不匆忙逃走。」福爾摩斯笑道。

*詳情請閱《大偵探福爾摩斯⑬吸血鬼之謎》。

「那兩個警探真沒用。」小克說,「還是外公的律師梅爾先生好,他知道事件後,馬上就來找我,還把遺囑的內容一五一十地告訴我,沒把我當作不懂事的小孩子。」

「遺囑?什麼遺囑?」這觸動了福爾摩斯的神經。

「是外公秘密立下的遺囑,他要我承繼全部遺產,但規定我在20歲後才可取用。」小克說,「遺囑上還寫明,如果我中途死了,遺產就全部捐給教會。」

「原來如此。」福爾摩斯說完這話,以凌厲的眼神向華生遞了個眼色,似乎想說——兇案一定與這份遺囑有關。

「對了,你媽媽有沒有兄弟或姊妹?」福爾摩斯問道。

「有呀，媽媽有兩個哥哥，大哥叫漢斯，二哥叫文斯。不過，他們其實是孿生兄弟，長得一模一樣。」

「他們知道遺囑的事嗎？」

「聽律師說，外公為了保密，並沒有把遺囑的事告訴他們。」小克說，「不過，律師說外公有遺囑的副本，但不知道他收藏在什麼地方。」

「這麼說來，如果你兩位舅舅不知道遺囑的事，就會以為自己是理所當然的遺產承繼人了。」福爾摩斯說。

「唔……」華生想了想道，「他們會以為只要把父親殺了，就能得到遺產。」

「難道他們其中一個是疑兇？」小克不可置信似的問。

福爾摩斯搖搖頭：「不能這麼快下結論，首

先要調查一下他們。」

「外公明天**出殯**，親戚都會來，你們可以在外公下葬時看到他們。」小克說。

「很好，我們手上已有幾個重要線索，只要找出這些線索與他們的**關係**，相信破案**指日可待**。」

接着，福爾摩斯總結出以下六條線索：

① 死者被殺的日期：生日。

② 死者留下的血字：phantom cry。

③ 油畫上的破洞：其邊緣有六處整齊的裂口。

④ 兇手的身高：約6呎。

⑤ 兇手無名指上：有一枚紅寶石戒指。

⑥ 遺囑：指明小克是惟一的遺產承繼人。

漢斯與文斯

次日，福爾摩斯和華生來到了陽光普照的墓地。出席葬禮的人不多，只有十來個。福爾摩斯和華生躲在樹後，等待小克那兩個舅舅的到來。

賓客陸續抵達，但沒有一個人戴着紅寶石戒指。兩人正感疑惑之際，一個身高6呎的男人出現了，他雖然戴着一枚戒指，可惜鑲在上面的寶石卻是綠色的。過了一會兒，另一個身高6呎的人出現了，他和剛才那個高個子的樣貌幾乎一模一樣，毫無疑問，這兩人就是小克的孿生舅舅了。不過，後者的出現，令福爾摩斯和華生都不約而同感到一陣戰慄，因為，那

人左手的無名指上，正戴着一枚在陽光下閃閃生輝的紅寶石戒指！

「傳聞孿生兄弟都有近似的嗜好，原來是真的，他們兩人都戴着類似的寶石戒指，只是一個戴紅、一個戴綠。」福爾摩斯輕聲說，好像對孿生的特徵很感興趣。

華生也壓低嗓子說：「但戴着紅寶石戒指的，究竟是哥哥漢斯，還

是弟弟**文斯**呢？」

「只要問一問小克就知道了。」

這時，牧師唸出**悼文**，眾人默哀片刻，待**仵工**放下棺木和蓋上泥土後，就各自離去了。福爾摩斯看見賓客走遠了，馬上走過去向小克問道：「你看到其中一個舅舅戴着紅寶石戒指吧？」

「看到了，**他是二舅文斯**。」小克說。

「有沒有注意他的背影，覺得他像那個兇手嗎？」

「我按你的吩咐仔細地看了，確實很像。」小克說，「不過，當時比較黑，我不敢肯定是否就是他。」

「你的兩位舅舅是幹什麼工作的？」華生插嘴問。

「二舅文斯好像沒有工作，外公常常在我面前罵他是個**遊手好閒**的懶漢，只靠外婆留給他的遺產過活。」小克推一推眼鏡，又裝出一副**老成持重**的樣子說，「大舅

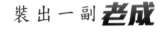

舅漢斯嘛，他開**珠寶店**，據說生意做得不錯。不過，兩人都很少探訪外公，與外公的關係好像很差。」

「一個遊手好閒，一個開珠寶店，如果為了爭奪遺產的話，遊手好閒的二舅文斯嫌疑比較

大呢。」華生說。

「是的，那枚**紅寶石戒指**對他也非常不利。」福爾摩斯說，「不過，我們得調查他案發時有沒有**不在現場**的**證據**，如果沒有的話，就可鎖定他是疑犯了。」

福爾摩斯着華生送小克回家後，獨個兒跑去調查了。可是，一查之下，卻發現那個文斯竟然有**牢不可破**的不在現場證據，因為，他當晚出席了一個好朋友的**派對**，與一班朋友由晚上玩到次日清晨，根本不可能走去殺死自己的父親。

華生聽到這個報告後，非常失望地說：「還以為可以很快破案，怎知道又要重頭來過

呢。」

「不用喪氣，證明文斯不是兇手，其實也有好處。」福爾摩斯說，「我們可以集中火力調查小克的大舅舅漢斯。」

「但他戴着的是綠寶石戒指啊，與小克目擊的犯人不同呀。而且，他還是個珠寶店商人，應該不缺錢用，嫌疑性不高。」華生說。

「你說得對。不過，在沒有第三個疑犯出現之前，他還是我們的主要目標，因為種種跡象顯示，這宗兇殺案是熟人所為。」

「那麼，如何着手調查？」

「 **直搗黃龍** ，去他的珠寶店。」

第二天一早，華生抱着**姑且一**

試的心情，與福爾摩斯一起喬裝客

人，去到漢斯的珠寶店。

店子在大街上，而且向東，

燦爛的 **陽光** 射進店內，照得

飾櫃裏的飾物閃閃生輝。除了兩個店員外，那個6呎高的漢斯剛好也在，他一看到福爾摩斯和華生走進店內，以為有貴客光顧，馬上堆起笑臉相迎。

「兩位先生，請問有什麼可以效勞？」漢斯熱情地說，「本店除了有項鏈、手鐲、戒指和耳環等飾物之外，還有不同種類的水晶擺設，用來佈置家居，一定會令府上貴氣倍增。」

福爾摩斯裝模作樣地說：「我過幾天會出席一位貴族朋友的婚禮，想佩戴一枚名貴的戒指出席，請問有什麼好建議？」

「啊！出席貴族朋友的婚禮嗎？」漢斯聽到「貴族」兩字，故作驚歎地奉承，「以先生的尊貴身份，這些就最適合了。」說着，他從玻璃櫃內取出幾枚鑽石戒指。

福爾摩斯脫下手套把戒指逐一戴上，仔細地看完又看，然後向身旁的華生問：「你覺得怎樣？」

華生**無可無不可**地聳聳肩：「不錯呀，但看來都普通了一點。」當然，他是在**演戲**。

「說的也是。」福爾摩斯脫下戒指，向漢斯問道，「請問有沒有特別一點的。」

「有、有，當然有。」漢斯生怕兩個貴客逃掉似的，馬上應道，「你可以選購鑲了**玉石**、

翡翠或其他寶**石**的戒指。」

「唔？」福爾摩斯裝作不經意地看到似的，指着漢斯左手**無名指**上的戒指說：「你這枚很漂亮呢。」

「啊，你喜歡這種款式嗎？」漢斯又拍馬屁，「先生真識貨，這枚戒指上的寶石非常罕有，是剛從**俄國烏拉爾山脈**的礦場那兒採購回來的，叫**亞歷山大之星**。」

福爾摩斯聞言，眼神突然閃過一下銳利的光芒，但他馬上又裝作很隨意地問：「除了你手上這枚之外，還有其他貨嗎？」

漢斯臉帶歉意地說：「非常抱歉，只賣剩我

手上這一枚，沒其他貨了。」

「那麼，你可以割愛嗎？」福爾摩斯試探。

「對不起，這枚我留着自用。不過，我還有很多其他名貴的戒指，你可以慢慢挑選。」漢斯說着，連忙從飾櫃中取出幾枚不同款式的戒指。

福爾摩斯一枚一枚地拿起來，卻不斷地搖着頭說：「唔⋯⋯雖然都不錯，但好像不太合適⋯⋯怎麼辦呢⋯⋯？」華生知道，老搭檔已看中了漢斯手上的戒指，現在只是在拖延時間，看看有什麼辦法拿來驗證一下而已。不過，華生卻無法理解，漢斯戴着的那枚明明是綠寶石戒指，他拿來看又能證明什麼呢？

「沒有合適的戒指也沒關係，可以挑選一些水晶擺設呀。」漢斯怎會放過送上門來的肥

肉,他指着身後的飾櫃說。

福爾摩斯抬起頭來,往漢斯示意的飾櫃看去,**倏地**,他露出錯愕的神色,整個人呆住了。華生察覺老搭檔*神情有異*,立即也往飾櫃看去,只見櫃中有很多不同造型的水晶,每一塊都*晶瑩剔透*,非常美麗。可是,也不足以叫人看得傻了眼呀?

漢斯眼見福爾摩斯看得入神，以為他看上了水晶，於是加強推銷力度：「其實水晶不僅可作室內的裝飾，在東方還是風水擺設之一，據說會為擁有者帶來好運呢。」

「啊，真的嗎？」

福爾摩斯回過神來慌忙答道，「那我一定要買了，就003號那塊吧。」飾櫃內的水晶都標了號碼和價錢，003號那塊最便宜，只賣5英鎊。

漢斯想不到客人竟會挑一塊最便宜的貨色，剎那間，他拉長了臉，並轉身向店裏的一個店員說：「這位先生要003號的水晶，你來招呼吧。」說完，他嘀嘀咕咕地走開了。華生知道，他一定是自歎倒霉，把寶貴的時間浪費在兩個**吝嗇**的客人身上。不過，這也顯示他是一個**勢利**的小人，一知道客人不願花錢後，就馬上變臉。

離開珠寶店後，福爾摩斯說：「被迫花了5鎊，這次真的是**破財**了。」

「沒人叫你買的呀，還以為你真的相信**風水**呢。」華生說。

「嘿嘿嘿，別傻瓜了，我怎會懂什麼風水。我是為了掩飾自己的**錯愕**，才

隨便買一塊罷了。」說完，福爾摩斯把大衣反過來穿，又把帽子壓扁反過來戴上，迅即變回平常的裝束。

　　「這麼說來，我也發現你看得呆住了，那些水晶究竟有什麼特別？」華生邊換裝邊問。

　　「本來沒什麼特別，但你記得死者是在他生日當天遇害的嗎？」福爾摩斯提醒。

　　「記得，你在開始時也提出過這個問題，認為這個日子是一個重要線索。

可是，水晶與死者的生日又有什麼關係呢？」華生仍然摸不着頭腦。

「一個人的生日，每年只有一天，而史葛老先生卻在自己的生日遇害，不會過於**偶然**嗎？」福爾摩斯分析道，「如果不是偶然的話，那麼，兇手就是特意在那天去找死者的。這除了可證明兇手很可能認識死者之外，還帶出了一個問題——**他為什麼要挑死者生日的這一天來行動？**」

「原來如此，我沒想過這一點呢。」華生佩服地道，「你找到答案了嗎？」

「本來想來想去也想不通的，但看到那些水晶後，馬上就想到一個可能性了。」

「一個可能性？是什麼？」華生緊張地問。

「嘿嘿嘿，你認為呢？」福爾摩斯故意賣關子似的吐了一口煙，卻沒說出答案。

「你不肯說就算了。但我們要找的紅寶石戒指呢？你有頭緒嗎？」華生問。

已找到了呀。

「紅寶石戒指？你沒看到嗎？已找到了

呀。」福爾摩斯說得輕描淡寫，又叫華生嚇了一跳。

「什麼？找到了？在哪裏？」

什麼？

「嘿嘿嘿，擺在眼前也看不到，你太笨了，自己想想吧。」福爾摩斯乘機嘲諷。

「哎呀，不要又賣關子了，快說！」華生急了。

「好吧，給你一個提示。」福爾摩斯說，「只要把兇案現場還原事發當晚的情景，並引誘疑犯到來，紅寶石戒指就會自動現身。另外，更重要的是，飾櫃之中有一塊名為『幽靈之石』的名貴水晶，它正是能否破案的關鍵！」

「『幽靈之石』，好可怕的名字啊。」

「嘿嘿嘿……當然可怕，因為它是一塊可以置人於死地的不祥之石！」福爾摩斯說這話時，彷彿全身透出一股煞氣，令華生不禁打了一個寒顫。

自投羅網

嗚嗚嗚嗚……嗚嗚嗚嗚……嗚嗚嗚嗚……

烈風在夜空中悲鳴，落葉被捲得四處亂舞。

第二天晚上，漢斯來到了發生兇案的古老大宅，也就是他已故老父史葛先生的家。

他早上收到了律師梅爾先生的信，信中要求史葛家的親朋戚友出席今晚的聚會，一起商討誰願意當**監護人**，負責撫養小克的事情。不過，有一點卻叫他感到**百思不得其解**，因

為信中說史葛老先生已立下遺囑，要把遺產捐給**教會**，其實也就是暗示就算當上監護人，也不會有任何得益。為什麼梅爾先生會這麼說呢？

漢斯拉響了門鈴後，管家海恩太太來開門了，她打個招呼後說：「其他人都在**書房**等候，請隨我來吧。」

這句平常不過的說話卻令漢斯心中**慄然一驚**，他很清楚，那兒正是老父被殺的**現場**

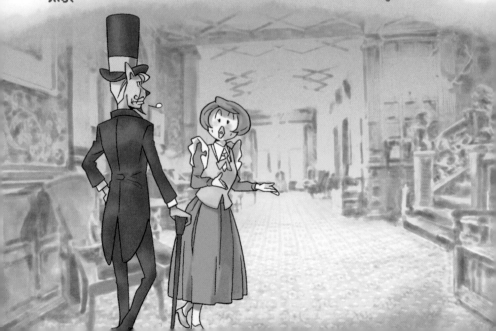

現場。自從兇案發生後，他連這個家門也沒踏進過一步，何況那個書房。

「為什麼要去書房，到客廳談話不是更好嗎？」漢斯強裝冷靜地問。

「啊，這是小克提出的，他說老爺**死於非命**，如果**陰魂不散**的話，一定還留在書房內，可以讓老爺見證一下挑選監護人的過程，好讓他安心。」海恩太太說。

「陰魂不散？」漢斯又嚇了一跳，「**唱碌**」一聲吞了一口唾沫，他想掉頭就走，但這樣會引起其他人的懷疑了，沒法可想之下，他只好**硬着頭皮**隨海恩太太步進了書房。

書房裏昏昏暗暗的，只點着一些**蠟燭**，不知道是否心理作用，漢斯感到房中**陰風陣陣**，叫人心裏發毛。

他環視了一下房間，發現除了小克之外，還

有四個人在房中。當中有三個人他認得，他們

分別是律師**梅爾先生**，兩個遠房親戚——**馬丁先生**和**阿倫太太**，他們在日前的葬禮中也露過面。不過，另一個站在牆邊的**中年男人**卻不知是誰，在他的記憶中，史葛家的親戚中並沒有這個人。

「他是誰？為什麼會出席這個聚會呢？」漢斯心中**暗忖**。

「好了，時間到了。」梅爾律師打斷了漢斯的**思緒**，「除了你們四位外，其他親朋戚友看來都沒興趣當小克的監護人呢。」

漢斯看了看小克，發覺小克的眼神充滿了**敵意**，為了掩飾自己內心的虛怯，只好故意不屑地說：「哼，那些人真沒有人情味，一聽到要當監護人，就不敢來了。」

「也不能怪他們，當監護人就得把小克撫養成人，大家可能不敢隨便承擔這個責任吧。」梅爾律師說。

「老爸死後，我是小克最親的人了。我願意承擔這個責任，反正花不了我多少錢。」漢斯看到房中沒什麼異樣，說話的膽子也大了。

「關於錢嘛，這個擔心是不必要的，史葛老先生已把遺產全部留給小克，足夠用來把他撫養成人。」梅爾律師說。

馬丁先生和阿倫太太聞言都感到意外，不約而同地問：「你寫信叫我們來時，不是說遺囑指

明要把財產全部捐給**教會**的嗎？」

梅爾律師臉帶抱歉地說：「其實，信中所說只有一半是真的。遺囑確有指明遺產要捐給教會，但前提是小克不幸身故。否則，他可以在 **20歲** 後自由動用所有遺產。」

「啊！」馬丁先生和阿倫太太都很驚訝。

「這樣的話，你為何在信中沒說清楚呢？」漢斯說出心中的疑惑。

梅爾律師往小克看了一眼，道：「這是小克的意思，他擔心把實情說出來，有些親朋戚友就會為了錢而來**爭奪撫養權**。」

「啊，原來如此。」漢斯心中**恍然大悟**，連

忙說，「小克真聰明，竟想出這個方法來**篩選**監護人。這也好，證明我、馬丁先生和阿倫太太都是真心想收養小克的。」

「嘿嘿嘿，真心？你是真心的嗎？」突然，房門外傳來了一個他**似曾相識**的聲音。

這時，漢斯還未知道，他踏進這個房間的那一刻，他的**罪行**已暴露在陰暗的**燭光**之下，而這個佈下陷阱誘他**自投羅網**的，正是這個聲音的主人！

紅寶石與幽靈

一個人施施然地從門外走進來，他不是別人，就是我們的大偵探福爾摩斯。

「你……」漢斯詫異地問，「你是誰？我好像在什麼地方見過你。」

福爾摩斯冷然一笑，說：「你當然見過我，忘了嗎？我就是昨天想買下你那枚亞歷山大之星的客人呀。」

「還有我呢。」這時，華生也走進來了。

「啊……我記起了，你們兩人昨天來過我的珠寶店。」漢斯臉上掠過一下不安，「你們來這裏幹什麼？」

「嘿嘿嘿，沒什麼，想再看看你那枚戒指罷

了。」福爾摩斯別有意味地道。

「我不是說了嗎？這戒指是不會出讓的。」說着，漢斯舉起了左手，那枚戒指仍戴在他的無名指上。不過，這時卻發出**暗紅色**的光芒！

「**我認得，殺外公的兇手就是戴着那枚戒指的！**」一直默不作聲的小克突然高聲指控，語氣中更充滿了仇恨。

「你說什麼？」

漢斯心裏更慌了，「什麼兇手？什麼戒指？」

「*別裝傻扮懵！*」福爾摩斯厲聲喝道，

「你行兇時，就是戴着那枚鑲了**亞歷山大寶石**的戒指，小克就是**目擊證人**！」

「我⋯⋯我不知道⋯⋯你們說什麼？」漢斯**期期艾艾**地說，「我⋯⋯我怎會殺死自己的父親，你們不要胡說。」

就在這時，門外又有兩個人闖進來，他們就是我們熟悉的蘇格蘭場孖寶——李大猩和狐格森。顯然，他們和福爾摩斯一樣，早已在這裏**埋伏**。

李大猩舉起一枝如**短刃**似的、尖銳無比的**水晶**怒吼：「我們趁你不在珠寶店時，已

在店內搜到這**殺人兇器**，怎容你狡辯！」

「那……那只是一塊水晶，我店裏多的是。」漢斯已臉色發青，但仍強辯道，「怎會是殺人兇器？」

「嘿嘿嘿，可惜這不是普通的水晶，它別號『**幽靈之石**』，前端的錐面呈**六角形**，你來之前我們已測試過了，這個錐面的形狀正好和油畫上的洞**吻合**。證明它就是殺人兇器！」福爾摩斯走到油畫前，指着那個洞說。

「啊……」漢斯的眼珠子**游移不定**，似是仍想藉詞辯駁。

「嘿嘿嘿，**證據確鑿**，無論你怎樣說也脫不了罪，束手就擒吧。」李大猩冷笑道。

漢斯聞言，突然從內袋拔出**手槍**，目露兇光地指着小克大喝：「你們休想抓我，誰人敢動一下，我就開槍打死小克！」

福爾摩斯和李大猩等人沒料到漢斯竟有此一着，登時呆在當場不知如何是好。

「哼，都是這小鬼頭害事，妹妹沒留下這個不明來歷的**孽種**的話，那死老頭一定會把遺產留給我！」漢斯把憤恨都發洩在小克身上了。

這時，一直站在牆邊沒有半點動靜的中年男人**猛地一躍**衝前，從正面向漢斯撲去。漢斯把注意力都放在福爾摩斯和李大猩等人身上，沒料到橫裏殺出一個**程咬金**，他慌忙扣下**扳機**，開槍射向小克。

「砰！」的一聲響起，震動了整個房間。

眾人往開槍的方向看去，小克看來大吃一

驚，但他並沒有中槍。混亂中，那男人已把漢斯撞倒在地上，不過，他的大腿已滲出血來。

李大猩和狐格森見狀迅即一擁而上，把漢斯制服了。

「**你們讓開！**」小克突然大喝。

大家回過神來看去，只見小克已撿起丟在地上的手槍，指着李大猩他們。所有人都被小克突如其來的動作嚇呆了。

「小克，你怎麼了？他們是蘇格蘭場的警探，你應該見過他們呀。」福爾摩斯慌忙道。

「 *讓開！快讓開！* 」小克沒理會福爾摩斯，充滿仇恨的眼睛死死地盯着漢斯大叫，

「我要打死他！我要為外公報仇！」

這時，眾人才明白，小克要對付的是漢斯，他喝令李大猩和狐格森讓開，只是不想**誤傷**他們。

「小克，我明白你的心情。」福爾摩斯小心翼翼地說，「這個可惡的傢伙已被捕了，法庭會作出**公正的判決**，你沒必要在這裏打死他。」

可是，小克好像沒聽到似的，食指已緩緩地扣緊**扳機**，眼看就要開槍了。李大猩和狐格森見狀，嚇得馬上向兩旁閃開，只餘下跪在地上的漢斯。

「不……不……不要開槍……」漢斯被嚇得臉無人色，全身**哆嗦**着哀求道。

「你殺了外公，我一定要殺死你！」小克緊握着手槍的雙手激烈地**顫抖**，眼裏已眶滿了仇

恨的淚水。

「小克，你不能開槍。」那個大腿中槍的男人用力地站起來，一拐一拐地走近小克，「你開槍的話，就會成為殺人犯。我不能讓你這樣做。」

「**你是誰？**我不認識你，你不要管我！我要報仇！」小克仍然緊握手槍不放。

「我……我是……」那男人欲言又止。

這時，福爾摩斯緩緩地一邊趨前一邊說：「小克，這位先生為了救你已擋了一槍，你

看，他的大腿還流着血啊！他是你的救命恩
人，該聽他的說話呀。」

　　「我……我……」淚流滿臉的小克有點動搖

了，他也察覺到那男人的大腿不斷滲出血來。

　　福爾摩斯趁機走到小克的身邊，並伸出手道：「這樣僵持下去的話，那位先生就沒法**包紮**傷口了，來，把手槍交給我吧。」

　　小克仍不斷地搖頭，不過，他那緊扣扳機的食指已明顯鬆下來了。

　　福爾摩斯緩緩地把手伸過去，用食指卡住手槍的**擊錘**，並拿下了手槍。那男人見狀鬆了一口氣，「**砰**」的一聲倒在地上，昏過去了。

　　華生馬上趨前為那男人急救，並着驚魂未定的海恩太太拿來**紗布**，為那男人包紮起來。

phantom cry 事實的真相

　　漢斯在李大猩的嚴詞質問下，垂頭喪氣地把殺死老父的經過原原本本地說出來……

　　當天，是老爸的**生日**，我特意從店裏拿了一塊名貴的水晶作為禮物，來這裏為他**賀壽**。

　　可是，老爸看到水晶卻不屑一顧似的說：「不必破費了，你這個人那麼**吝嗇**，送這種名貴的東西給我，一定是**不懷好意**。」

　　我聽到後心中非常生氣，但也忍着沒有發作。因為，

我確實是想討好他，然後遊說他快點立下遺囑，好讓我承繼他的全部**遺產**。其實，我從他的醫生那兒打聽到，他已患了**絕症**，餘下的日子已不多，要是沒有遺囑的話，我的弟弟文斯和外甥小克都有資格分得遺產，這麼一來，我的那份就會少許多了。

可是，我還未開口談及遺產的事，老爸已看透了我的**心思**，好像要故意刺激我似的，從抽屜中取出一張紙，並說：「我早已立好了遺囑，你不必**多費唇舌**了。」

他說完，還把遺囑擲過來給我看。

有關遺囑的內容，你們大概已知道了吧。我看到後，知道他一分錢也不留給我這個長子，當然**勃然大怒**，並要他修改遺囑，最少也要分一半遺產給我。

老爸聽到我這麼說，竟冷嘲熱諷地道：「你以為用一塊爛石頭就能騙取我的**歡心**嗎？你這個不孝子，去年我摔傷了腿留院，你也沒去醫院探望我。現在知道我快要死了，就**裝模作樣**地扮孝順，說什麼給我祝壽，我又怎會上當。」

聽他這麼說，我知道要分得一半遺產已很難，於是再一次退讓，叫老爸念在我是長子的份上，總該分三分之一的遺產給我吧。

可是，老爸**斬釘截鐵**地說：

「絕不可以！你休想！」

我的要求這麼卑微，他竟然如此絕情，我怒不可遏，舉起手上的水晶就向他插去。但老爸竟敏捷地閃開了，並立即奪門逃走，但他的腿不靈活，我跨出一步就追上了，並猛地向他的背部插去。這次，我插中了。

老爸發出「哇」的一聲就倒下來了，我太憤怒了，向前一躍騎到他的背上，但他拚命地掙扎，我在怒火中燒下，猛地向他的背脊連插兩下。不一刻，他停止了掙扎，一動不動的死去了。

這時，我才發覺自己錯手殺了人，嚇得不知如何是好。但我馬上冷靜下來，撿起掉在地上

103

的那一紙遺囑，悄悄地逃離現場。當時我並不知道遺囑另有 **正本**，以為只要銷毀那張給我拿到手的遺囑，按照遺產法的規定，自己至少也可以分得三分之一的遺產。所以，回家後我馬上就把遺囑 **燒掉**，一心以為只要待 **時機成熟**，就可以提出分遺產的事了。沒想到，遺囑原來還有另一張正本在律師手裏。

此外，由於我有這裏的 **鑰匙**，進出時都沒有驚動僕人。所以，我以為自己很安全，沒有人會知道兇手就是我。

「你這個不孝子，為了遺產竟然親手殺死自己的父親，簡直就連 **禽獸** 也不如！」聽完漢

斯的憶述後，李大猩破口大罵。

「對！簡直就是**蛇蠍心腸**！」狐格森也怒罵。

本來被連串突如其來的事情嚇得**縮作一團**的馬丁先生和阿倫太太，在得悉真相後，也不禁搖頭歎息。

「你沒察覺自己刺穿了牆上的**油畫**嗎？」福爾摩斯問道，他對每一個細節都不會放過。

「那一刻太緊張了，我完全不記得曾刺穿油畫，是剛才你說，我才知道的。」漢斯答道。

「那麼，『**幽靈水晶**』呢？你為什麼把『幽靈水晶』放在店內那麼當眼的地方？你不怕那會成為你殺人的**物證**嗎？」福爾摩斯再問。

「我確實想過丟掉它，但又不捨得，因為它很值錢，丟掉的話太可惜了。」漢斯垂頭喪氣

地答道，「但把它藏起來的話，給警察搜到反而可疑，於是，就故意把它放在店中**當眼**的地方，一來可以儘快把它賣掉，二來我覺得最公開的地方反而最不惹人疑心。」

漢斯以為這一着很高明，卻發夢也沒料到會碰上大偵探福爾摩斯，能一眼就看出飾櫃內那塊「幽靈之石」是**殺人兇器**！

福爾摩斯查問完畢後，李大猩和狐格森召來警察把受槍傷的男人送去醫院，然後**喜滋滋**地押走了漢斯，他們又可以領功去了。

兩個遠房親戚安慰了小克一下後，在梅爾律師的陪同下也離開了。

兇手雖然被擒，但華生仍然有幾個**問題**不明白。

第一、為什麼漢斯日間戴着綠寶石戒指，到了晚上卻換上紅寶石戒指呢？

第二、史葛老先生臨死前在地板上寫下的「phantom cry」，究竟與案件又有何關係？

第三、那個為小克擋了一槍後又制止小克報仇的男人，究竟又是什麼人？因為，福爾摩斯與梅爾律師佈局誘捕漢斯時，只向他介紹了馬丁先生和阿倫太太，卻對這個陌生的男人的神秘身份隻字不提。

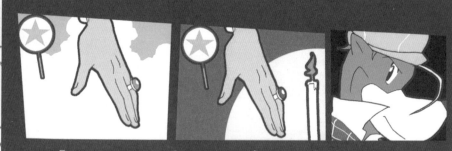

　　「哈哈哈，首先回答你第一個問題吧。」福爾摩斯笑道，「漢斯其實沒有換過戒指，那枚戒指上的亞歷山大之星，又叫變色寶石，它在陽光下呈綠色，但在燭光下卻會變成紅色。我一聽到漢斯說出這寶石的名字，馬上就想通箇中的奧妙了。」

　　「有這樣的寶石嗎？真神奇啊。」華生想了一想，才如夢初醒地說，「我記起了，葬禮當天陽光普照，我們到他的珠寶店時，陽光也照進了店內，所以他戒指上的寶石變成了綠色。反之，書房點的是蠟燭，漢斯來到時，戒指上的寶石就變成紅色了。」

「對，就是如此簡單。」福爾摩斯說，

「至於第二個問題，是與『幽靈之石』有關。記得嗎？我在漢斯的珠寶店看到飾櫃內的水晶時，曾看得傻了眼。其實，我發現當中有一塊尖利無比的擺設，那就是俗稱『幽靈之石』的水晶。我當時馬上想到它就是殺人兇器，因為這種水晶的錐面呈六角形，與油畫上的破洞相近。更重要的是，『幽靈之石』（phantom stone）又叫『phantom crystal』（幽靈水晶），小克的外公臨死前在地板上寫下『phantom cry』，其實那個『cry』字仍未寫完，他想寫的是『crystal』，可惜未寫完就

phantom crystal

死了。結果，李大猩他們就誤以為死者寫的是『幽靈哭泣』，擺了個大烏龍。」

「可是，小克的外公為什麼不直接寫下兇手漢斯的名字，卻把兇器的俗稱寫下來呢？」華生覺得不可思議。

「嘿嘿嘿，這正是小克外公的精明之處啊。」福爾摩斯分析道，「他當時一定想到，就算寫下漢斯的名字，警方最多只能懷疑漢斯，卻沒有證據可以證明他是兇手。而且，漢斯也可辯稱血字可能是兇手代替死者寫在地上，用來嫁禍給他和擾亂警方的調查方向。」

「原來如此。」

福爾摩斯續道：「不過，寫下兇器的名稱就不同了，它可引導警方找出證物，從而順藤

摸瓜，揪出真正的兇手！」

　　華生完全明白了，他說：「『幽靈之石』是罕有又名貴的水晶擺設，而漢斯的珠寶店又有售賣這種東西，小克的外公估計警方最終一定會對漢斯進行深入調查。而且，他也知道漢斯視錢如命，一定不捨得丟掉那塊『幽靈之石』。」

　　「正是這樣，不過，可惜小克的外公沒有氣力把最後一個字『crystal』完完整整地寫出來，令我們繞了一個大圈，才能把漢斯繩之於法。」

　　「那麼，最後一個問題呢？那個為小克擋了一槍的男人又是誰？」華生問。

福爾摩斯向小克瞥了一眼，一改剛才的輕鬆語調，歎了一口氣後才嚴肅地說：「他名叫**唐尼**，是小克的親生父親。」

　　在突變中情緒仍未完全恢復過來的小克緩緩地抬起頭來，他好像並不相信自己的耳朵。過了好一會，他才拚命地搖頭說：「**不！不可能！**爸爸拋棄了我和媽媽，他不可能來找我的！」

　　「他真的是你爸爸，是律師梅爾先生找到他的。」福爾摩斯說，「為了替你挑選監護人，梅爾先生必須把所有與你有**血緣關係**的人都

找出來。幸運地，他很快就找到了你爸爸。」

「**我不要這樣的爸爸！**」小克突然憤怒地說，「他不是一個好人，他狠心拋棄我們，現在來找我有什麼用？」

「我找梅爾律師安排這次誘捕計劃時，為免漢斯起疑心，還真的發信邀請了所有親朋威友今晚出席這個聚會。」福爾摩斯說，「你剛才也看到了，除了馬丁先生和阿倫太太之外，

其他親戚知道沒有**油水**可撈，都沒有露面。但你爸爸卻來了，證明他深愛着你呀。據梅爾律師說，他當年拋棄你媽媽時，還是一個**大學生**，並不知道你媽媽懷了孕，多年後知道此事時，你媽已死了。他對此事深感後悔，所以收到梅爾律師的信後，就馬上來了。我認為他最適合當你的**監護人**。」

「**我不想聽！**」小克用雙手掩着耳朵，打斷福爾摩斯的說話，「總之，我不要這樣的爸爸！」

「他為了保護你，拚死為你擋了一槍啊。」華生也**好言相勸**，「難道這還不能證明他的愛嗎？」

「**我不想聽！我不想聽！**」小克仍然無法遏制怒氣，他邊叫邊拚命搖頭。

福爾摩斯湊到華生耳邊，輕聲說：「這幾天太多事情發生了，小克的情緒不容易馬上平復下來，我們還是先讓他冷靜一下吧。我相信，總有一天他會明白**骨肉之情**的。」

說完，福爾摩斯拜託管家海恩太太小心照顧小克，然後與華生步出了古老大宅。

這時，一陣烈風掠過上空，響起了「嗚嗚嗚嗚……」的風聲。

華生抬起頭來，看着夜空說：「真有點像幽靈的哭聲呢，難怪李大猩他們會害怕啊。」

「是嗎？」福爾摩斯也往天空望去，感慨地說，「可能是上天為這齣仍未完結的**悲劇**而哭泣吧。」

兩人按着帽子，頂着風，懷着未能釋然的心情，登上了回倫敦的馬車……

科學小知識

【亞歷山大石】

礦石的一種，英文叫「Alexandrite」，此名據傳來自俄國皇室。不過，它又被稱為變石、變色寶石或紫翠玉。礦物的顏色其實是礦石本身反射光的顏色，故此，有些礦石甚至會因擺放的角度而幻化出彩虹般的色彩。而本故事中提及的亞歷山大石，由於它含微量的鉻，而鉻會吸收黃色系的光，並能很平均地反射出綠光和紅光。在陽光下，此石的反射光主要是綠色，故寶石看起來就是綠色了。反之，在燭光下，主要的反射光是紅色，寶石看起來就變成紅色了。

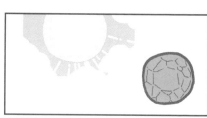

在燭光或燈泡下，由於亞歷山大石反射出光譜中的紅光，故呈現紅色。

在陽光下，由於亞歷山大石反射出光譜中的綠光，故呈現綠色。

科學小知識

【光與顏色】

　　光與顏色有不可分割的關係。我們在一間漆黑的房中以紅色的燈去照一張白紙，白紙會變成紅色；如用藍色的燈去照的話，白紙就會變成藍色。不過，當我們把白紙放在太陽光或日光燈（如白色光管）下看時，白紙就變回白色了。為甚麼會這樣呢？原來，太陽光和日光燈的光線中含有多種顏色的光，它們聚集在一起時，卻會變成無色。其實，白色的物體之所以看來是白色，是因為照在它上面的、全部有顏色的光線在不規則地反射而已。

　　那麼，怎樣證明無色的光線其實含有多種顏色呢？很簡單，只要把看來無色的陽光照在一塊三棱鏡上，我們就可以看到紅、橙、黃、綠、藍、靛、紫七種顏色了。

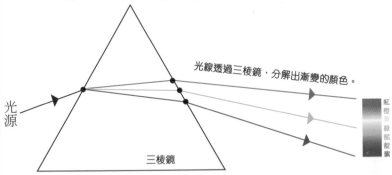

光線透過三棱鏡，分解出漸變的顏色。

光源

三棱鏡

紅橙黃綠藍靛紫

　　彩虹產生的原理也一樣。當雨過天晴時，由於天空中還有很多微細的水珠，這些水珠就像三棱鏡一樣，當陽光照到它們時，就分出紅、橙、黃、綠、藍、靛、紫等七種顏色，形成彩虹了。不過，由於顏色是漸變的，所謂分出「七種顏色」，只是人們一般的說法而已，嚴格來說，是不能說成多少種色的。所以，有些民族說彩虹的顏色只有五種，甚至四種和三種呢。

陽光照在大水泡上，也能分出七彩的顏色，形成七彩的水泡。（照片引用自《兒童的科學》第75期。）

科學小知識

【幽靈水晶】

英文叫「phantom quartz」（也稱作「ghost quartz」），直譯就是「幽靈水晶」了。這種水晶因內含雜質的不同，會形成很多不同的形態，就像在內裏隱現不同的幻影般，有如「幽靈」，故名之。

本故事中的「幽靈水晶」，是因為它在第一次生長成形後，受外界影響而再往上生長，變成水晶之中還有水晶，看起來就像一塊水晶之中內藏一座座幽靈似的山。

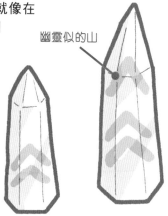

幽靈似的山

【石英錶】

石英和水晶是同一種類的東西，分別在於水晶是最純粹的石英而已。石英在工業上有很多用途，如我們常戴的石英錶，顧名思義，其重要組成部分就是石英。

石英的晶體結構很穩定，當在其表面施加電壓時，它只會產生輕微的改變，產生穩定的振動。製錶公司利用這種振動，以IC把它傳送到微形摩打上，就可推動秒針運行了。

基於這種特性，我們只要觀察手錶上秒針如何移動，就能分辨出機械錶和石英錶了。因為，前者的秒針是連續不斷地移動，後者的秒針則每秒跳一格。

石英錶的運作

電池　　石英　　IC（集成電路）　　摩打　　石英錶

外一章、
大偵探的 秘密

一個月後，貝格街221號B門外又響起了「**咚咚咚**」的敲門聲。

「怎麼是你？」華生開門後一看，詫異地說。

「嘻嘻嘻，就是我嘛。」小克站在門外，抬頭看着華生，臉露天真的笑容道，「我又有事情想找大偵探**幫忙**啊。」

福爾摩斯也聽到小克的聲音了，他放下正在看的書，高興地說：「還以為是誰，原來是小克，快進來！」

小克走進客廳中，有點不好意思地**撓撓頭**，說：「福爾摩斯先生……上

次……我有點任性，沒聽你的說話……其實……」

「別**吞吞吐吐**的，有話儘管說，我能幫忙的一定幫忙。」福爾摩斯聽得出，小克已從變故中平復過來了。

「對，有什麼就說吧，我們都很樂意幫忙的啊。」華生笑道。

「其實……我想你們陪我去找**爸爸**。」

「啊，你想去見爸爸了？」福爾摩斯大喜，「太好了！我們馬上陪你去，這次免費效勞，**分文不收**。」

「真的嗎？」小克也大喜，「我問過律師梅爾先生了，他說爸爸出院了，現在在家中休養，我已向梅爾先生拿了**地址**。」

唔…

聞言，華生感到有點奇怪：「你既然已有地址，自己也可以去找他呀，為什

麼要我們陪你一起去呢？」

「嘻嘻嘻……」小克靦覥地說，

「我怕尷尬嘛，看到爸爸後……也不

知道該說什麼好。」

福爾摩斯含笑地點點頭：「小克

說得對，這種父子相認的場面確

實有點難為情，換了是我，也不

知道該說什麼好呢。華生，就由

我們陪他去吧，反正這幾天悶在家裏沒事幹，到

外面走走也是好的。」

三人走到街上，有一輛小克早已安排好的馬車

在等候了。三人登上馬車後，小克向馬車夫說：

「去市郊的布賴頓小鎮佐治街。」

聞言，福爾摩斯皺起眉頭想了想，問道：「布

賴頓小鎮佐治街？你爸爸住在那兒嗎？這條街名好

像有點耳熟呢。」

「那沒什麼好稀奇啊。」華生說，「你查案時

到處跑，倫敦周邊有什麼地方你沒去過呀。」

「唔……」福爾摩斯不太肯定地說，「或許是吧。不過，我去過的地方一定記得啊，可能最近沒什麼刺激的案件，腦筋也有點**遲鈍**了。」

「嘻嘻嘻，去到不就知道了。」小克喜滋滋地說。

「看到你這麼開朗的樣子我就放心了。」福爾摩斯說，「記住，見到爸爸後要向他**慰問**啊，畢竟他是為了救你而中槍受傷的，知道嗎？」

「知道。」小克點點頭。

「還有，你要原諒爸爸啊。」福爾摩斯吩咐，「他雖然在年輕時拋棄了你媽媽，但現在已感到非常**懊悔**，你該給他一個道歉和補償的機會啊。」

「福爾摩斯先生，道理我是明白的，但我不知道能否真心原諒他啊。」小克有點兒不安。

「每一個人都會因為種種原因而犯錯，如果對方已知道錯了，那麼，我們只要抱着**寬恕**的心，就能放下**仇恨**，真心地原諒對方了。」

「那麼……」小克的眼珠子**機靈**地一轉，「要

是你遇到這種情況，也能**寬恕**爸爸嗎？」

「我嗎……？」福爾摩斯沒想到小克會問一個這樣的問題，他的眼神**游弋**了一下才答道，「當然能夠啦。」

「對，福爾摩斯先生當然能夠這樣做。」華生也插嘴道，「所以，你也一定能辦得到的。」

「嘻嘻嘻，我明白了。」小克用手指推一推眼鏡，臉上閃過一下**別有意味**的笑容。

說着說着，馬車已開了兩個小時，他們來到了布賴頓小鎮，只是找了一會，就找到他們要找的地方。

那是一幢兩層高的小房子，前院是個小花園，外觀**樸實無華**，一看就知道

居住的人並不富裕。

「已到佐治街50號了。」馬車夫高聲說。

「到了。」小克臉上掛着頑皮的笑容，對我們的

大偵探說，「福爾摩斯先生，是 佐治街50號 。」
他在說這個門牌號碼時，還特別加重了語氣。

小克的說話似乎 觸動 了福爾摩斯的神經，他想了一下，眼中漸漸浮現出 錯愕 的神色。接着，他轉過頭來，滿臉疑惑地看着小克說：「佐治街50號……你……」

小克用力地點一點頭，狡黠地笑道：「對，福爾摩斯先生， 你猜對了 。」

華生並不知道兩人究竟在說什麼，正想發問時，卻察覺到福爾摩斯的雙頰微微地顫動，兩眼還閃現着淚光。

　　「說過的話要算數啊。」小克一本正經地說。

　　福爾摩斯沒答話，只是擦一擦眼睛，並叫華生在車上等一下，然後就下車向那幢小房子走去。

　　「究竟怎麼了？」華生向小克問道。

　　「這是他爸爸的家，福爾摩斯先生要去見他的爸爸。」小克說得輕描淡寫，但聽在華生耳裏，卻有如驚雷貫耳。

　　「什麼⋯⋯？你說⋯⋯什麼？」華生不敢相信自己的耳朵。

「記得嗎？我在你們家中**留宿**過一天。」

「當然記得，那又怎樣？」

「那個早上，我睡醒後，趁福爾摩斯先生去洗臉時，偷偷打開了他書桌的抽屜。」小克狡點地道，「在裏面發現了一疊**聖誕卡**，於是拿來看。」

「什麼？你竟然偷看福爾摩斯的東西？」

「別那麼**大驚小怪**嘛，我只是想了解多一點為我查案的人罷了。」小克老成地皺起眉頭說，「你要知道，幹私家偵探這種**偏門**行業的，看來都不像好人嘛。而且，福爾摩斯先生那麼貪錢，着實叫人有點擔心啊。」

「算了、算了。」華生沒好氣地說，「後來又怎樣了？」

「原來，那些聖誕卡是他爸爸寄來的。」小克說，「大概有十張左右吧，卡上除了『聖誕快樂』之類的賀詞外，還寫滿了**懺悔**的語句，說要為自

己拋棄他們母子而道歉，希望得到福爾摩斯先生的原諒。」

「啊⋯⋯」華生聞言，才想起老搭檔從沒提及他的父親，有幾次觸及這個話題，福爾摩斯也顧左右而言他。原來，他竟有這麼一段身世，這叫華生感到意外又唏噓。

「其實，我在梅爾律師的陪同下已見過爸爸了，也答應了讓爸爸當我的監護人。」小克說，「這次，是我想為福爾摩斯先生做點事。」

「原來如此。」華生不禁為小克的世故感到驚訝。

「他把多年來的聖誕卡保管得這麼好，證明他心裏其實也很想見爸爸和原諒爸爸的。否則，就早已把聖誕卡丟掉了。」小克說，「不過，我估計他只是在等一個機會罷了。」

「我明白了。」華生說，「於是，你就製造一個機會，讓他來到這裏。」

「是啊，他對我說的那番說話，其實也可用在

他自己的身上啊。」

「小克，你實在太厲害了。」華生非常佩服，

「我也給你騙倒了呢。」

「嘻嘻嘻，謝謝你的**誇獎**。」小克

臉上綻放出燦爛的笑容，

「不過，我該走了，

我怕福爾摩斯先生會罵我**好管閒事**啊。」

說完，小克悄悄地下車，並迅即登上後面另一

輛看來早已準備好的馬車，急急地離開了。

華生再往小房子那邊看去，只見福爾摩斯一動不

動地站在大門前面，好像還在猶豫好不好敲門。

　　不一刻，他終於下定決心敲了一下門。半分鐘後，　一個老婦人開門步出。兩人站在門口談了一會，然後，福爾摩斯與老婦人道別，又往馬車這邊走回來了。

　　「懂得去這個小鎮的公眾墓地嗎？」福爾摩斯向馬車夫說明了一下往墓地的走法。

　　「墓地？」華生心中赫然一驚，但又不敢問個究竟。

　　福爾摩斯登車後一直低着頭不發一言。

　　半晌，已到達墓地了。福爾摩斯默默地下車，逕自往墓地走去。華生忖度着要不要也跟着去時，卻見老搭檔已在一塊墓碑前面停了下來。他佇立在墓前好一會，然後才緩緩地蹲下來，並脫下帽子拂掃了一下墓碑周圍的落葉。這時，黃昏的陽光剛好照到福爾摩斯的肩背上，構成一幅金黃色的、美麗又溫馨的圖畫。良久，他才站起來，踏着沉重的步伐向華生走來。

來到華生面前後，福爾摩斯以一貫平靜的語氣說：「那是家父的墳墓，他兩個月前走了。」

　　「啊……」華生無言以對。

　　「要是我能早一點來就好了。」福爾摩斯的臉上閃過一下**苦澀**。

　　「小克說，他偷看了令尊寄來的**聖誕卡**，所以……」

　　「我聽到他說出這兒的**地址**後，馬上就明白了。不過，他看來並不知道家父已過身，枉費了他一番好意呢。」福爾摩斯苦笑，「這個小鬼頭也好

屬害啊，想不到自己中了他的**圈套**仍懵然不知。我以後再也不敢小看喝奶不抹嘴的毛孩子了。」

「是啊，俗語說**人細鬼大**，果然是真的呢。」華生一陣**暖意**湧心頭，他知道，福爾摩斯能敗在一個如此機靈的毛孩子手上，其實是值得高興的。因為，這不但證明小克已懂得放下仇恨和明白寬恕的意義，也證明了他還懂得為他人設想，讓福爾摩斯可以解開多年的**心結**，原諒他那已死去的父親。

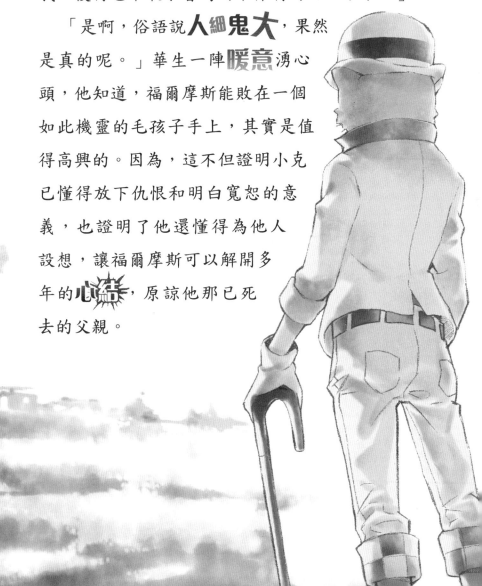

幽靈①

幽靈②

我大白天也看見幽靈啊！

我大白天也看到幽靈啊。

真的嗎？快帶我去看看。

你改為白天睡覺，晚上出動不就行了。

晚上不是會看到更多幽靈嗎！

那麼，你晚上也睡覺吧。

整天都睡覺和死人有什麼分別！

偷看什麼？沒看過人家護膚美白除黑眼圈嗎？

嗄嗄嗄

那不更好嗎？到時你也變成幽靈，就不用怕了。

BOo。

遺囑①

嘩！這是李大猩探員的遺囑呀！

寫着要過好每一天。

啊，還有呢？

吃多些菜、少些肉，每天跑三公里，做掌上壓一百次。

不准偷看我的減肥計劃書！

遺囑②

嘩！華生先生立了遺囑呀！

上面寫着你的名字，好像與分配遺產有關。

還寫着3月5鎊、4月6鎊、5月9鎊……

每個月發一點？安排得好仔細呢。

福爾摩斯的借款記錄不能動，他賴債怎辦？

大偵探
福爾摩斯
幽靈的哭泣 ㉓

原著人物／柯南・道爾
（除主角人物相同外，本書故事全屬原創，並非改編自柯南・道爾的原著。）

小說＆監製／厲河　　　　繪畫＆構圖編排／余遠鍠

封面設計／陳沃龍　　內文設計／麥國龍、葉承志　　編輯／盧冠麟、郭天寶

出版
匯識教育有限公司
香港柴灣祥利街9號祥利工業大廈2樓A室

承印
天虹印刷有限公司
香港九龍新蒲崗大有街26-28號3-4樓

發行
同德書報有限公司
九龍官塘大業街34號楊耀松（第五）工業大廈地下
電話：(852)3551 3388　　傳真：(852)3551 3300

第一次印刷發行　　　　　　　　　　2014年3月
第十一次印刷發行　　　　　　　　　2022年7月
Text：©Lui Hok Cheung　　　　　　　翻印必究

想看《大偵探福爾摩斯》的
最新消息或發表你的意見，
請登入以下facebook專頁網址。
www.facebook.com/great.holmes

本集承蒙黎妙雪小姐提供
故事意念，特此鳴謝！

購買圖書

ISBN:978-988-77494-0-0
港幣定價 HK$60
台幣定價 NT$300

若發現本書缺頁或破損，
請致電25158787與本社聯絡。

網上選購方便快捷　　購滿$100郵費全免
詳情請登網址 www.rightman.net